작고 귀여운 내향

글·그림 박공원

아침달

작고 귀여운 내향

어차피 모두 사라질 텐데

사이좋게 지내자

주요 등장 인물

주인

실내형 인간
취미는 집안일

고양이

가끔 사랑 앞을 한다
취미는 스트레칭

식물

종종 풀이 죽는다.
취미는 일광욕

예전에 한 라디오 방송에서 "어떻게 하면 자신을 좋아할 수 있을까요?"라는 질문에 누군가 "자신과의 약속을 잘 지키면 됩니다"라고 명쾌하게 답했습니다.

나라는 존재가 흐릿해질 때면 그날의 명쾌한 울림을 떠올립니다. 누군가의 말 덕분에 조금은 나를 좋아할 수 있게 되었는지도 모릅니다.

서른 넘어서야 처음 일기를 쓰기 시작한 것도 자신에

게 좀 더 다정해지고 싶었기 때문입니다. 늘 다정할 수만은 없기에 가끔 하는 다정한 생각을 적어두는 버릇도 그때 생겼습니다.

작은 방에서 혼자 끄적이던 일기가 한 권의 책이 되고, '작고 귀여운 내향'이라는 제목을 마주했을 때, 몇 번 소리 내 읊다가 오래전 라디오의 그 말을 다시 떠올려 보았습니다.

내향이란 나를 바라보는 방향이 아닐까. 자신을 가만히 바라본다면 그 속에는 작고 귀여운 내가 웅크리고 있는 건 아닐까, 하고요.

혹시 그렇다면 그 작은 손을 잡고 안으로 한 발짝 들어가 보는 건 어떨까요?

2025년 봄

박공원

목차

3부
·····
느리지만 다정하게
- -

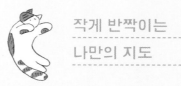

1부

작게 반짝이는
나만의 지도

내일을 위한 준비

매일 아침 침대에서 책상으로 출근한다. 출퇴근 거리는 3m가 채 안 되지만 그마저 멀게 느껴지는 날이 있다. '해야 하는데, 해야 하는데' 하면서 책상 앞에 한 번 앉아 보지도 못한 채 자책만 하다 끝나는 날.

그런 날 나는 집안일을 한다. 일종의 내부 수리인 셈이다. 책상과 가장 멀리 떨어져 있는 주방에 가서 밀린 설거지를 하고, 방 안에 널브러져 있는 물건과 쓰레기를 치운다. 바닥을 쓸고 닦으며 빨래도 하고 택배 상자도 정리한다.

이제 남은 곳은 책상뿐. 책상 위에 있던 잡동사니를 하나씩 치우며, 반짝반짝 윤이 나게 닦는다. 방 안이 환해지면 내 마음에도 별이 든다.

그제야 책상 앞에 앉고 싶어진다. 괜히 노트나 책을 뒤적거리고 컴퓨터 전원도 켜 본다. 내일 할 일을 메모하거나 간단한 일을 하기도 한다. 그렇게 오늘이 힘들 땐, 내일을 위한 준비를 한다.

오늘이 힘들 땐,

내일을 위한 준비를 한다.

어딘가엔 빛

흐린 날에도

구름 뒤엔 맑은 하늘

별 없는 쓸쓸한 밤에도

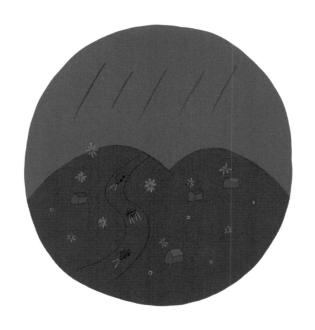

어딘가엔 빛이 있다.

자란다

봄에 뒷산을 산책하다가

여기저기 새순이
올라오는 것을
보았다.

벌써
봄이구나

여름이면
무성해지겠구나

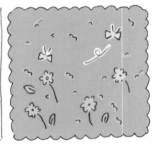

식물은 때에 맞춰 쑥쑥
자라는 것 같지만

싸아아

시들고 자라기를
반복하면서 자란다.

어쩌면 시들고 자라기를
반복하는 나의 하루도

멀리서 보면 분명히 자라고
있을지도 모르겠다.

책을 읽을 때

책을 읽을 때,

밑줄을 많이 긋는 편이다.

하지만 밑줄을 아무리 그어도

밑줄을 긋지 않은 문장이
더 많다.

책을 읽을 때 밑줄을 많이 긋는 편이다. 그렇다 보니 밑줄이 하도 많아 정작 중요한 부분이 뭐였는지 알지 못하는 경우도 있다. 하루는 책을 읽다 밑줄이 많은 것 같아 첫 장부터 다시 꼼꼼히 살펴보았다. 그러나 예상과는 달리 밑줄을 많이 그었어도 밑줄 그은 문장보다 긋지 않은 문장이 더 많았다.

내가 좋아하는 건 책의 일부분. 좋은 부분보단 그렇지 않은 부분이 더 많을지도 모른다. 사람도 그런 게 아닐까. 별다른 이유 없이 책이 좋아지는 것처럼, 타인의 모든 면을 좋아하지 않아도 괜찮다. 우리는 좋은 문장 하나로 누군가에게 좋은 책이 될 수 있으니까.

그림을 그릴 때

지인이 만다라 도안을 보내줬다. 도안을 따라 색을 칠하면 마음이 편안해진다고 해서 물감으로 색을 칠하고 있었는데 집에 놀러 온 엄마가 관심을 보였다.

"엄마도 해볼래?"

그렇게 시작된 그림 교실. 엄마는 물감을 처음 써본다면서 어색해했지만 곧 과감하게 색을 칠하기 시작했다. 그림이 완성될 즈음 엄마는 색이 탁해진다며 의아해했다.

"물감이 마르길 기다리는 것도 그림을 그리는 거야."

엄마에게 짐짓 아는 체를 했지만 사실 나도 예외는 아니었다. 어떤 날은 성급하게 실망하고 어떤 날은 이것저것 허탕 치며 분주하게 보내고 어떤 날은 심히 우울해지기까지 했다. 기다림 없이 불필요한 덧칠을 하던 순간을 떠올리며, '기다리는 시간도 무언가를 하는 시간일 수도 있다'라는 말은 무엇보다 지금 내게 필요한 말인 것 같아 뜨끔했다.

기다리는 시간도 무언가를 하는 시간일 수 있다

떨어져 봐야 바닥

당연한 일

애쓰고 있는 내 모습이 보였다.

아무것도 한 게 없는 것 같은 날엔
당연한 일을 떠올려 본다.

한 뼘 크기의 행복

햇살이 환히 잘 드는 남향집에서 살아보고 싶었던 나의 오랜 바람과 달리, 지금 집은 해가 지는 북서쪽에 있다. 하루가 저물기 시작하는 오후 네 시. 슬그머니 하품이 새어 나오는 이 시간을 좋아하게 된 건 지금 살고 있는 집 때문이다. 아침형 인간이 되지 못한 것이 내심 창의 방향 때문이라 생각했던 나는, 처음엔 남향집에 살지 못한 것을 아쉬워했지만 이내 이곳에 정을 붙이기 시작했다.

오후 네 시가 되면, 자그마한 창으로 옅은 온기를 머금은 햇살이 방 안에 길게 늘어진다. 작은 방이 하루

중 가장 밝아지는 순간. 30cm 창으로 들어오는 한 뼘 크기의 햇볕으로 온 방 안이 노란 온기로 반짝이기 시작한다. 재택근무의 가장 좋은 점은 집이 가장 아름다워지는 순간을 온전히 누릴 수 있다는 것이 아닐까. 한 뼘 크기의 햇볕에도 행복은 숨어 있다.

행복은 쉽게 찾을 수 있다

별다른 놀잇거리가 없던 어린 시절엔 친구들과 네잎
클로버를 찾으며 놀았다. 네잎클로버가 행운을 가져
다준다는 어른들의 말에 아이들은 네잎클로버를 찾
고 싶어 했다. 나는 네잎클로버를 찾는 일에는 별 소
질이 없었다. 네잎클로버를 찾자고 할 때마다 찾는
시늉을 하며 눈앞의 세잎클로버를 바라봤다. '네잎
클로버가 있을까? 있더라도 찾아서 뭘 하지' 그런 생
각을 하곤 했다.

어른이 되어 길에서 문득 클로버를 본 날에는 '세잎
클로버도 예쁜데'라는 생각을 한다. 그렇게 언제부턴
가 멀리 있는 행운보다 가까운 행복을 바라보는 습
관이 생겼다.(요즘은 문득 행운을 믿어보고 싶다는 생각
이 들어 네잎클로버 모양의 액세서리를 눈여겨보고 있다.
언젠가 복권도 사게 될까?)

어제와 상관없이

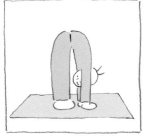

사실 우리는 매일 다시
태어나는 거예요.

하다 보면 잘 되는 날이 있고 안 되는 날이 있다. 어제
와 상관없이. 하루하루는 날씨나 계절처럼 계속 변할
뿐이어서, 어제 잘했다고 오늘도 잘 되지 않는다. 어
제 안 됐다고 오늘도 안 되지 않는다. 매일이 새로운
시작이다. 어제와 오늘의 날씨가 다른 것처럼.

그러니까 매일 점수를 매길 필요도, 어제와 오늘을
비교할 필요도 없다. 대충 하는 날도 있고 열심히 하
는 날도, 잘 되는 날도 안 되는 날도 있다.

다만 반복하면서

더 많은 계절을 맞자.

시작은 얼마든지 있다

사주명리학에서는 한 해의 시작을 입춘 이후로 본다
고 하는데, 그렇다면 학생들에게는 새 학기가 시작
되는 3월이 한 해의 시작일 거다. 어떤 이들은 자신이
태어난 계절이 진정한 한 해의 시작이라고 하기도 한
다.(그렇다면 가을에 태어난 나는 올해의 시작이 한참이
나 남은 셈이다)

각기 다른 사정을 가진 사람들이 1월 1일이라는 같은 출발점에서 시작하는 풍경을 상상하니 웃음이 나왔다. 누군가의 시작은 내일이 될 수도 있고, 오늘 점심 시간이 될 수도 있다.

멋진 사람이 되고 싶어

순간순간

밥을 먹을 때
밥을 먹고

일을 할 때
일을 한다.

순간순간에
충실하면 되는데

지금에 최선을 다하면 그뿐.

밥을 먹을 땐, 밥을 먹자.

지금 여기

마치
지금 여기를

보라는
듯이.

앞만 보고 가다가 넘어지곤 하는
인간을 위한

고양이의
큰 그림이었을까?

저만큼 앞서가던
마음이

지금 여기로
돌아온 것
같았다.

대화의 기원

어두운 밤

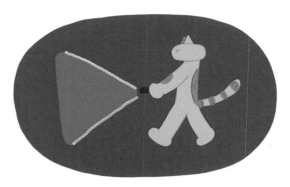

깜깜한 밤

우리가 서로를 밝히던 밤

그렇게 서로를 밝혀주는 것이

대화의 기원이 아니었을까?

칭찬 일기

칭찬할 만한 것이 없는 하루도 어떻게든 긍정적인 부분을 찾아 '칭찬해'라고 적어보기로 했다. 침대와 한 몸이 되어 음식을 쌓아놓고 먹다가 까무룩 잠들어버린 날. 더부룩한 위장을 달래며 '먹고 싶은 대로 먹고 쉬고 싶은 만큼 쉰 것 칭찬해'라고 적었다. 써놓고 보니 제법 그럴듯해 보인다.

하루는 서점을 구경하다가 옆 문구 코너에 시선이 갔다. 한참 동안 이 펜, 저 펜 써보다가 검정 펜을 집어 들었다. '또 검정 펜을 샀네. 잘 쓰지도 않으면서.'(내 안의 투덜이 어르신이 빈정거린다) 칭찬할 구석을 찾다 보니, 검정 펜을 모으는 다람쥐 같은 나의 마음을 헤아려보게 되었다. 그날 일기장엔 '작업하기 위한 펜을 샀다. 칭찬해'라고 적었다.

이해할 수 없는 우리의 시도와 행동 뒤에는

좀 더 잘해보려는 마음이 있을 거다.

하얀 찐빵을 사던 날

어느 겨울, 만두 가게 앞을 지나다 하얀 김이 올라오는 찐빵을 보고 군침이 돌아 가던 걸음을 멈췄다.

'하나만 먹고 갈까?'

문득 작업실에 있는 친구들의 얼굴이 떠올라 같이 나눠 먹을 찐빵과 만두를 샀다. 흰 봉투에 한아름 담긴 찐빵과 만두. 크고 가벼워서 꼭 솜사탕을 손에 쥔 것 같았다. 따뜻하게 데워진 찐빵이 비닐 속에서 바스락거리는 소리를 들으며 작업실로 가던 길. 누군가와 나눠 먹을 음식을 사고 흐뭇해하는 그 순간, 왠지 어른이 된 것 같았다. 불투명한 미래도 천 원짜리 찐빵처럼 가볍게 쥘 수 있을 것만 같았다.

모락 모락 떠오른 얼굴

따끈 따끈 데워진 마음

흰 눈이 내린 날

방바닥의 작은 벌

방바닥에 뭔가 있어 자세히 보니 아주 작은 벌이었다. '집에? 이렇게 작은 벌이?' 오늘 낮에 뒷산에 산책을 갔던 게 생각났다. 날씨가 좋아 만발한 꽃들 사이를 휘젓고 다녔는데, 그때 내 옷에 붙어 우리 집까지 오게 된 것 같다.

이제 막 태어난 것처럼 반짝이는, 건드리기 망설여질 만큼 작은 벌. 휴지로 살살 감싸 공중에 살짝 들어 올렸다가 놓으니 그대로 팔랑 바닥으로 떨어졌다. '죽은 건가?' 혹시 모르니 다시 휴지로 감싸 창문 밖으로 놓아주었는데, 전처럼 떨어지는 듯하더니 씩씩하게 날아갔다. 와아! 하고 탄성이 나오던 순간.

이게 된다고?

모종 나눔을 했습니다

2부

헛걸음도
산책의 일부

정답은 어디에 있을까?

정답은 어디에 있을까?

찾는 곳엔 없을지도 모르지.

그래도 계속 걷다보면

뜻밖의 답을 찾게 될지도.

가방의 무게

이십 대의 마지막, 혼자 제주도에 갔다. 그전까지는 누구를 따라다닐 줄만 알았지 스스로 여행을 해본 적은 없었다. 머리를 비우려고 떠난 여행이었기에 특별한 일정 없이 산간지방 깊숙이 자리 잡은 숙소에 며칠간 머물렀다. 한창 집에서 가져온 책을 읽고 있는 내게 숙소 주인은,

"짐이 꽤 많으시네요. 서울에서 많은 걸 가지고 오면 제주에서 담아갈 게 없어요"라는 말을 건넸다. 그날 이후 나는 가방의 무게로 내 상태를 점검하곤 한다.

나이가 들면 체력이 약해져 자연스럽게 짐도 줄지 않을까? 삶이 긴 여행이라면 흐르는 시간 따라 짐을 줄여가고 싶다. 뜻밖의 기념품을 담기 위한 자리는 비워둔 채. 그게 인생을 제대로 여행할 수 있는 방법이 아닐까.

생각의 공

어쩌면 떨어지는 생각에

애써 살을 붙이고 있는 건
내가 아닐까?

아무것도 아닌 일에 생각을 덧붙여
큰 눈사람을 만들고 있는 건지도.

도서관에 갔다

내가 도서관을 좋아하는 이유는(이렇게 말하면 실례겠지만) 쓸모없는 책을 잔뜩 볼 수 있어서다. 동네에 도서관이 없었다면 나같이 게으르고 궁색한 사람은 실용서나 생활안전수칙, 또는 누구나 알 만한 베스트

셀러만 읽으며 살아왔을지 모른다.

열람실 서가를 어슬렁거리다보니 어느새 처음 보는 책을 과감히 집어 드는, 호기심 많은 사람이 되었다. 도서관에서만큼은 그날의 기분과 운에 따라 가방에 딸리는 책이 바뀌는 모험가가 된다. 종종 도서관에 가면 내가 예약하지 않은 세계가 별책부록처럼 따라온다.

빌린 책 대부분은 한동안 침대맡 소품이 되었지만 그중 일부는 나의 분명한 취향이 되기도 했다. 내가 좋아하는 책 대부분은 우연이 만든 것. 자신만의 독특한 취향이란 이렇게 생기는 게 아닐까? 언뜻 쓸모없어 보이는 것들의 주변을 기웃거리면서 말이다.

문구 애호가의 고해성사

까마귀는 반짝이는 것을 좋아해서 구슬이나 금속 조
각에 관심을 보인다고 한다. 그 이야기를 듣고 단번
에 까마귀를 좋아하게 되었다. 무용한 것을 좋아하
는 새라니. 고상하게 느껴지기도 하고 소용없는 물
건을 소중히 여기는 천진함이 퍽 사랑스럽다. 펜과
노트만 보면 이성을 잃는 내 모습이 까마귀처럼 사랑
스럽진 않겠지만, 까마귀만큼은 이러한 인간의 마음
을 이해해주지 않을까?

새로운 펜을 사면

마치 고해성사를 하듯
일할 때 한 번은 꼭 써본다.

항상 푸른 소나무

엄마랑 외출을 했다.

> 소나무가
> 죽어가네.

> 그래?

엄마가 말했다.

소나무는 항상 푸른데
저렇게 노란 잎이
생겼다는 건

> 죽어간다는 거야.
>
> o-o

> 이렇게 추운
> 겨울에도…

> 소나무는
> 정말 대단하구나.

> 난 추우면
> 아무것도
> 못하는데
> ...

> 좋다,
> 가자.

그 추운 겨울에도 사시사철 푸르구나.

새삼 그런 생각을 했다.

한 치 앞도 알 수 없는 요즘

하지만,

이런 오늘에도

자신의 일을 하는

사람들이
있다.

오늘의 나에게도 응원을 보낸다.

우연이 필요해

장소를 맛으로 기억하는 난, 언제부터인가 여행을 갈 때면 근처 맛집을 찾아보는 습관이 생겼다. 하지만 어쩐지 여행이 끝나고 기억에 남는 건 별 다섯 개짜 리 음식이 아니라 시장에서 우연히 사 먹었던 길거리 음식과 문 닫힌 박물관 앞에서 마셨던 자판기 음료수 같은 것이었다.

담양 국수거리에서 먹었던 멜론도 그랬다. 국수거 리에 웬 멜론? 한 아주머니가 다들 먹는 국수와 계란 옆에서 홀로 멜론을 팔고 계신 게 아닌가. 한 통에 2,000원 정도 했을까? 그 자리에서 먹기 좋게 썰어 접시에 담아 주셨다. 계곡이 보이는 평상에 앉아 계란과 함께 먹은 멜론의 맛. 이후 멜론은 여름 수박처럼 일 년에 꼭 한 번은 챙겨 먹는 과일이 되었다. 여행에도 음식에도 확실히 '우연'이라는 양념이 필요하다. 사랑에 우연이 필요하듯이.

입가의 주름

얼마 전 운전면허 시험 등록에 필요한 증명사진을 찍었다. 증명사진을 마지막으로 찍은 게 언제였더라. 첫 여권 발급을 위해 찍은 이후 십 년 만이다. 보정을 예쁘게 해준다는 한 사진관을 찾았다. 어색하게 웃으며 사진을 찍고 포토샵으로 팔자주름이 지워진 사진을 받았다. 팔자주름이 없는 나는 확실히 지금보다 어려 보였지만 어쩐지 나 같지 않았다. 팔자주름 있는 내가 훨씬 나답고, 심지어는 팔자주름이 지금의 나를 대변하는 것처럼 느껴지기도 했다. 주름은 내가 웃는 표정을 따라서 생긴 길이니까. 많이 웃어서 생

긴 주름이라고 생각하면 '그만큼 잘 살았구나!' 하는
생각에 뿌듯하다. 이제 얼굴을 만들어가는 나이에 접
어든 걸까. 얼굴을 만들 수 있다고 생각하니, 어쩐지
조금은 공평하고 희망적이다.

최근에는 미간을 찌푸리는 버릇이 생겼다. 누군가의
이야기를 집중해서 들을 때 인상을 쓰게 되는데 미
간의 주름도 다른 사람의 이야기에 귀 기울이며 생긴
주름이라 생각하면 좋을까? 아직은 자신이 없어 손
으로 미간을 지긋이 눌러주고 있다.

사진을 보다가

사진 정리를 시작했다.

어쩌지 나를
돌아보게 된다.

무엇을 남기고 싶은지 안다면,
무엇을 찍을지도 알 수 있을 텐데.

오늘의 설거지

숟가락 젓가락을
씻는것이 가장
귀찮다.

"설거지를 미루는 일은 빚을 지는 일과 같아. 미루지 말고 그때그때 하는 편이 좋지."

'빚을 진다'라… 나는 그 말을 계속 곱씹어 생각해 보았다.(설거짓거리를 자주 미루는 편) "그럼 나도 빚을 지게 된다는 거야?" 발끈하며 물었을 때 엄마는 "그럴 가능성이 높지"라고 답했다. 그리곤 머지않아 내게도 빚이 생겼다. 그것은 지금 쓰고 있는 이 책의 원고 작업. 마감을 지키지 못하는 바람에 의도치 않게 주변에 폐를 끼치게 되었다. 그 덕에 빚진 이의 괴로운 심정이 어느 정도 이해가 되었달까.

그러니까 이게 다 설거지를 미루기 때문이란 말이죠?

책 읽는 하루

주말 동안 밀린 일과 자잘한 업무를 처리해야 했는데
이틀 내내 게으름을 피우다 보니 집안일도, 업무도
모두 밀린 채 월요일을 맞았다. 세탁기는 돌렸지만
옷은 개지 않았고, 옷장도 정리하다 말아서 방도 엉
망이 되었다. 먹고 치우지 않은 주방도 마찬가지.

그래도 주말 내내 뒹굴거리며 책을 읽었다. 읽고 있는 책이 있다는 건 좋은 일. 책을 읽고 있단 사실만으로도 뭔가 쓸모 있는 일을 하는 것 같은 기분이 든다. 그렇기에 병원이나 은행, 혹은 약속 장소에서 책을 읽고 있으면 기다림이 길어져도 좋다. 세상이 내 마음과 같지 않을 때, 우리는 작은 책 한 권으로 이쪽 세계에서 저쪽 세계로 건너갈 수 있다.

가을이 성큼

9월이 되면 평소보다 하늘을 더 자주 올려다본다. 숫자 9의 구수한 발음은 왠지 가을 같고, 9의 동글동글한 모양도 포근한 가을 구름을 연상시킨다. 올가을에는 '이때다!' 싶은 순간이 많았다. 좀처럼 집을 잘 나가지 않는 실내형 인간임에도 불구하고 가을 햇볕을 마냥 보고만 있기에는 아깝다는 생각이 든다. 마음 놓고 즐길 수 있는 건 날씨뿐이라 그런 걸까? 높고 푸른 하늘을 보며 생각한다. 오늘의 행운을 놓치지 말고 누릴 수 있을 때 조금이라도 누리자고.

밀크티의 순간

매일 아침
차를 마신다.

요즘 즐겨 마시는 건
영국식 밀크티.

→ 홍차를
우린다

만드는 방법은 간단하다.

→ 우유를
붓는다

가을과 잘 어울리는 맛.

맛있어.

부드럽고
밍밍한
맛이다

쿠키와 →
잘 어울린다.

요즘은 영국식 밀크티를 마시고 있다. 만드는 방법은 간단하다. 뜨거운 물에 홍차를 3분간 우린 후 우유를 조금 넣으면 끝. 담백하게 마시고 싶을 땐 설탕 없이 마시지만 종종 캐러멜 향이 나는 각설탕을 넣어 마시기도 한다. 영국식 밀크티를 마시게 된 건 영국 밴드 <오아시스>의 '노엘 갤러거' 때문. 영국식 밀크티는 우유를 따듯하게 데우지 않아도 돼서 편하고, 무엇보다 대충 만드는 멋이 있다. 덥지도 춥지도 않은 봄이나 가을에 마시기 좋다.

추운 겨울에는 우유를 팔팔 끓여 만든 달고 진한 '로열 밀크티'나 향신료 향이 가득한 '짜이'를 마시고, 여름에는 태국 여행 중 알게 된 '차이티 라테'를 즐겨 마신다. 차이티는 일반적인 홍차보다 색이 붉고 진해서 우유와 섞이면 채도 높은 주황색이 된다. 재료 구하기가 어려워 달짝지근한 현지의 맛을 완벽히 재현할 수는 없지만 우유가 섞인 선명한 주황을 즐기는 것만으로도 여름 기분이 난다.

더운 여름날, 여행의 추억으로 즐기는 차이티 라테. 가본 적 없는 영국의 한 록스타를 생각하며 쌀쌀해진 가을에 마시는 밀크티. 그러고 보니 밀크티 종류만큼 밀크티에 얽힌 추억도 다양하다. 알음알음 알게 된 몇 개의 레시피를 혼자 즐기며 낯선 곳을 여행하는 기분을 가져본다.

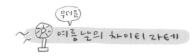

반찬 메이트

혼자 살고 혼자 일하는 1인 가구라 그럴까? 하루 중 대부분의 시간을 일 아니면 집안일에 쓰고 있다. 장을 보면 내가 산 식재료에 쫓기듯 요리한다. 부지런히 먹어도 혼자 먹기엔 늘 많다. 그렇게 식품의 유통 기한은 마감 기한이 되고 마는데….

이제는 친구들과 망원 시장 앞을 지나면 누가 먼저랄 것도 없이 "사서 나눌까?" 하게 된다. 모두 혼자 살기

때문에 그렇게 하면 다양한 과일과 채소를 먹을 수 있어 다들 반긴다. 기쁨을 나누면 배가 되고 슬픔을 나누면 반이 된다는 말을 나는 우리의 장바구니를 보고 실감한다. 외국에서는 과일과 채소를 원하는 개수만큼 살 수 있던데 우리나라도 곧 그렇게 되길. 그때까지는 시장을 같이 보는 시장 메이트, 반찬을 같이 만들어 먹는 반찬 메이트를 많이 사귀어 둬야지.

0과 1

일이 잘 되지 않는 날, 서랍 속 작은 타이머를 꺼낸다. 한 소설가는 본인의 작업 시간을 타이머로 체크한다고 하던데, 나는 해야 하는 일로부터 도망치고 싶을 때 "10분만 하자"며 나를 설득한다. 집안일에 흥미가 없는 한 친구는 청소하기 싫을 때 20분 타이머를 켜고 딱 그 시간만큼만 집 안을 정리한다고 하는데…. 나 역시 부담이 되는 일을 할 때 종종 타이머를 사용한다. 커다란 일을 10분, 20분, 30분 단위로 쪼개며 그저 시간을 쌓는다고 생각하고 있다.

"잘할 수 있을까, 못하면 어떡하지."

끝을 걱정하며 시작을 미루고 있지만 중요한 건 '했다'와 '안 했다'의 경계에서 '했다'로 넘어가는 일이다. 그래야 하지 않았다는 부담감에 짓눌리지 않고, 실제로 무언가를 해볼 수도 끝낼 수도 있을 테니까. 10분 타이머의 결과물이 일에 도움 될 때도 있지만, 그저 실패한 시도로 끝날 때도 많다. 하지만 실패한 시도라고 해도 어차피 해야 했을 실패를 쌓은 것이니 '0'은 아니고 '1'인 셈이다. 10분이든 20분이든 하기만 하면 0은 1이 될 테니까. 오늘 미처 하지 못한 일 때문에 마음이 무겁다면 그 일을 10분만 해보는 건 어떨까?

처음과 달라진 것

오랜만에 달린다.

애석하게도 실력은 항상 제자리.

다만 처음과 달라진 것은
괜찮아질 거란 걸 아는 것.

상처 위의 빨간 실

상처에 약한 편이다. 아니 상처를 편애한다고 해야 할까. 그러니까 이런 거다. 새 책보다 헌책에 편안함을 느끼고, 고장 난 물건을 잘 버리지 못한다.(물건에 지나치게 감정 이입을 하는 건지도 모르겠다)

다용도실에 방치된 물건 중에는 짝을 잃은 물건도 있다. 운 좋게 다른 물건과 짝이 되거나 다른 쓰임을 찾아내면 왠지 기쁘다. 요즘엔 바느질에 관심이 생겨 낡은 베갯잇을 버리려다가 주머니를 만들었다. 누빔천이라 자주 사용하던 겉감은 뜯어지고 상처가 났지만 안감은 괜찮았다. 베갯잇의 너덜너덜한 속사정에도 불구하고, 잇고 깁고 뒤집으니 아직 제법 쓸 만했다.

바느질할 땐 빨간 실을 사용한다. 서툰 게 금세 들통나지만 빼뚤빼뚤한 실 사이로 그려지는 그림에 왠지 정이 간다. 엄마와 함께 찢어진 이불을 수선하던 날에도 빨간 실을 사용했다. 고양이의 발톱 자국과 세탁기 돌아가는 소리 위로 빨간 실이 지나간다. 이불을 꿰매는 엄마의 한숨과 웃음이, 낡은 이불 위 빨간 점과 선으로 깜빡이는 하나뿐인 무늬가 되었다.

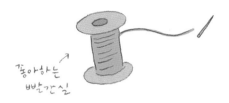

좋아하는
빨간실

터진 이불커버를 잘라
옷커버로 만들었다.

플러스마이너스제로

이랬으면 어땠을까?

저랬으면 어땠을까?

쉽게 잠이 오지 않는 밤

아마도 딸기

아는 식물이 늘었다.

여름의 입구

〈다음 날〉

비 온 뒤, 깻잎은 깻잎 같아지고
유러피안 샐러드 잎은 샐러드 잎 같아졌다.
그 모든게 세찬 비를 맞은 뒤 라는
사실이 새삼스럽다.

3부

느리지만

다정하게

조용한 관심

호기심에 사 온 화분은

예쁘네!

어느 날 시들어 있었다.

식물은 어려워.

전혀 모르겠어.

미안...

예전의 나는 식물을 키우지 못했다.

조용한 관심을 두고있다.

말 못 하는 동물과 식물을 돌보는 건 마음에 자리가 필요한 일. 무언가를 곁에 두려면 여분의 마음이 필요하다. 식물 키우기를 어려워하던 시절의 난, 나 자신도 제대로 돌보지 못했었다. 그에 비해 지금은 주변에서 나눠준 식물도 곧잘 키우고 고양이도 돌보는 걸 보면 그만큼 마음에 자리가 생겼구나 싶다.(여전히 돌보는 일에는 서툴러서 좀처럼 죽지 않는 튼튼한 녀석들만 살아남았지만 말이다)

가까운 사이

삐익– 삐이익–! 삐익– 삐이익!

새벽에 울린 요란한 경보음의 재난 문자. 20여 분 만에 오보임이 밝혀졌지만 놀란 마음은 좀처럼 진정되질 않았다. 괜히 방 안을 왔다 갔다 하며 서성이고 있는데 아래층에 사는 이웃 B에게 연락이 왔다.

"뭐 해요?"

"괜히 기분이 뒤숭숭하네."

"점심이나 같이 먹을까요?"

그렇게 성사된 만남. B와 그의 동료 S까지 한데 모여 점심을 먹었다. S가 준비한 비건 음식, B가 사 온 반찬 그리고 내가 텃밭에서 따 온 잎채소를 함께 나눠 먹으며 새벽에 왔던 재난 문자 이야기를 했다.

"저는 세수부터 했어요."

"오토바이를 살걸 그랬나."

"밖에 나가는 게 더 위험하지 않았을까."

수다를 떨며 놀란 마음이 진정될 즈음 B가 말했다.

"만약 그 문자가 진짜였다면 한동네에 사는 우리가 같이 이동하지 않았을까요?"

이웃들과 한 식탁에 둘러앉아 서로의 안부를 묻던 시간. 가까운 사이라는 건 심리적 거리뿐만 아니라 물리적 거리까지 포함한다는 걸 새삼 느꼈다. 요즘은 한동네에 사는 이웃들과 알고 지낼 일이 별로 없지만, 넘어진 나를 일으켜줄 수 있는 건 같은 길을 지나던 어느 다정한 이웃일 거다.

우리는 아직 건강하다

고양이를 데리고
동물병원에 갔다.

나이가 많아서 이곳저곳
검사를 했다.

이제
초음파를
같이
보시죠.

두근거렸다.

심근비대증이 있네요.
지금은 괜찮을지만
6개월에 한 번씩
검진하는 것이 좋아요.

몰랐던 것을 알게 되었다.

그렇게 지나가나 봄

봄에 자전거를 타고 경주를 여행하다가 꽃샘추위에 오들오들 떨면서, 모자가 달린 도톰한 겨울 니트를 사 입은 적이 있다. 또 다른 봄엔 제주도에서 땀이 뻘뻘 나는 더위에 시원한 바지를 사 입었다. 따뜻한가 싶으면 추워지고, 추운가 하면 또 덥고… 아, 어쩌란 말이냐.

어느 봄의 부산 여행에선 비가 내렸다. 하늘과 바다 모두 회색인 틈에서 꽃가루 알레르기로 눈물 콧물 할 것 없이 진땀을 뺐다. '봄에는 여행하지 말아야지' 하고 다짐하며 집으로 돌아왔는데, 그간 내린 비로 옥상 텃밭에 새싹이 귀엽게 올라와 있었다. 깜빡 잊고 지냈는데도.

봄이 하는 일

구청에서 텃밭 상자와 상추 모종을 받아 '옥상 텃밭'을 시작했다. 마른 땅에 티끌만 한 씨앗을 뿌리고 과연 자랄까, 싶었는데 한 번 싹을 틔우니 하루가 다르게 자란다. 매일이 비슷한 나와 달리 새싹은 금방 웃고 우는 어린아이의 표정 같아 구경하는 재미가 있다.

아침이 되면 가장 먼저 2L 생수 두 병에 수돗물을 가득 담아 옥상으로 향한다. 봄비가 내리기라도 하는 날엔 텃밭 구석구석을 살피며 오늘은 어떤 변화가 있나 구경할 뿐, 봄이 하는 일을 그저 보기만 하면 된다.

'봄' 하면 자연스레 벚꽃을 닮은 분홍이 떠오르지만, 실제 봄에는 분홍만큼의 회색이 있다. 화창한 만큼 비가 오고 바람이 분다. 매년 봄이면 변덕스러운 날씨에 툴툴댔지만, 봄이 하는 일을 깨닫고 난 지금은 변덕스러운 봄 날씨가 싫지만은 않다.

봄날의 꽃과 아저씨

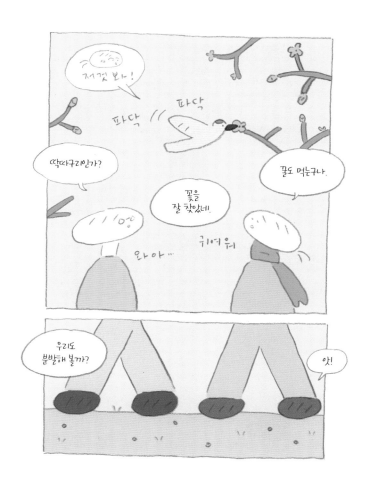

핸드폰 카메라에 꽃을 담고 있는 중년 남성을 만나면 나도 모르게 입가에 미소가 지어진다. 양복이 구겨지는 것도 개의치 않고 '꽃의 예쁨'에 집중하는 모습에서 느껴지는 어떤 동질감. 우리 모두는 사회에서 이런저런 모습으로 살아가고 있지만, 아름다운 것에 흔들리는 마음만은 같지 않을까? 꽃의 예쁨을 찍고 있는 아저씨에게 물어본다면 그도 조용히 고개를 끄덕일 것 같다. 아름다움 앞에서 무장 해제되는 인간의 귀여움을, 나는 봄날의 꽃과 아저씨에게서 발견한다.

혼자 일을 하면

혼자 일을 하다 사람들의 목소리가 그리워질 때면 라디오나 팟캐스트를 듣는다. 별일 없는 오늘에 안락함을 느끼면서도, 앉은 자리에서 가볍게 안부를 나눌 누군가가 없다는 건 여전히 조금 쓸쓸한 일이다. 언젠가 한 라디오 방송에서 '혼자 잘 살 수 있을지 걱정'이라는 청취자의 고민에 진행자는 '인간은 원래 혼자'라며 단호하게 말했다. 얼결에 나의 고민도 해결이 되었지만 그래도 역시 조금은 쓸쓸하달까….

비수기의 프리랜서

"그동안 수고하셨습니다."

연말이면 끝이 보이지 않던 일들도 하나둘 끝나고 프로젝트 담당자와 작별 인사를 한다. 적어도 일주일 정도는 침대에 쓰러져 밀린 잠을 자는 것이 나의 계획. 더 이상 확인해야 할 메일도 메시지도 없지만 머지않아 곧 빈 메일함을 들락거리는 날 발견하게 된다. 연말 인사라도 기다리는 걸까. 공연이 끝난 가수의 심정이 이런 걸까. 홀가분하다가도 조금 쓸쓸한 기분으로 맞는 연말.

이젠 일 없는 생활에 적응하는 게 나의 일이 된다. 일이 중심이던 생활에서 일이 빠지면 생활은 쉽게 방향을 잃고 휘청인다. 추운 날씨 탓인지, 이맘때가 되면 유독 마음이 어둡다. 겨울방학이라 생각하고 푹 쉬면 좋았을 텐데, 뭐라도 해야 할 것 같아서 아무것도 할 수가 없었다. 일이 언제 들어올지 모른다는 사실과 불투명한 미래에 대한 불안을 혼자 감당하기 어려웠다.

그러던 어느 겨울, 비슷한 사정인 친구와 같이 매일 밖에 나가기만 했다. 그저 밖에 나가 해를 쬐고 날이 저물면 저녁은 뭘 먹을지 고민하며 집으로 돌아왔다. 그냥 매일 밖에 나가기만 했는데도 어느 때보다 금방 괜찮아졌다.

성수기의 프리랜서

프리랜서는 일감이 꾸준하지 않다. 일이 있을 때도 있고 없을 때도 있다. 그 불안정함 때문에 들어오는 모든 프로젝트를 수락하면 주말에도 일하고, 평일에도 일하고, 새벽에도 일하고, 아침에도 일하게 된다.

그런 상황이 지속되면 몸에서 위험 신호를 보낸다. 나의 경우 이유 없이 심장이 두근거리는 증상이 몇 주간 지속되기도 하고, 책상에 앉자마자 눈물이 하염없이 흐르기도 했다.

그날 이후 나는 자신을 돌보는 데 더 많은 시간을 써야 했다. 다시 일을 하고 싶어지기까지, 무언가를 좋아하는 마음이 다시 생기기까지는 생각보다 오랜 시간이 걸렸다. 일이 없으면 삶이 불안정해지고, 일이 많으면 삶이 사라지는 상황에서 자신만의 균형을 찾는 일은 모든 프리랜서의 숙제가 아닐까?

마감의 러닝 메이트

일 년에 몇 번 달릴까 말까 하는 게으른 러너지만 마
감 압박에 시달릴 땐 달리기를 한다. 부족한 체력을
올리기 위한 목적도 있지만 '무사히 끝낼 수 있을까'
하는 불안감으로 가득찬 뇌를 단시간 빠르게 지치게
할 수 있기 때문이다. 어쩐지 일이 힘들 땐 달리기가
힘들지 않고, 불광천을 힘껏 달리고 돌아오면 다시
책상으로 달려갈 힘이 생기기도 한다.(애석하게도 아
주 가끔이지만)

달리기는 힘에 부치는 순간에 든든한 러닝 메이트가
되어주었다. 그렇게 조금씩 할 수 있다고 생각하는 일
이 늘어났다. 몇 초의 차이가 쌓이면 큰 차이가 될 수
도 있다는 사실을, 나는 달리기를 통해 배우고 있다.

가내수공업의 즐거움

코로나 이후,
계약서는 등기로
주고받는다.

요즘은 온라인 서명으로
더욱 편리해졌다.

그럼에도 종이
한 장 한 장마다

도장을 찍는

번거로움 속에서

행복을 느낀다.

받는 사람이 핸드메이드의 매력이라고
생각해주길 바라면서

꽤 중요한 문서가
사실은 내 방에서 가내수공업으로
만들어지고 있다는 사실!

우리는 동지

동지 무렵이면 "팥죽 먹을까?" 하고 묻는 친구들이 있다. 이번 동짓날에도 그들의 얼굴과 팥죽이 자연스레 떠올랐다. 어렸을 땐 팥죽을 즐겨 먹지도, 좋아하지도 않았는데 어느새 동짓날이 되면 자연스레 팥죽을 떠올리는 사람이 되었다.

어린 시절, 어른들은 왜 명절이나 절기 등을 부지런히 챙기는지 궁금했다. 어른이 된 지금 '좋은 사람들과 함께한 기억 때문은 아닐까' 하고 멋대로 생각하고 있다. 사람들과 소중한 순간을 나누면서 추억이 옆에서 옆으로 전해지고, 또 더해지는 게 아닐까 하고.

소울푸드

나의 소울푸드는 미역국이다.

엄마는 미역국을 끓이는 날이면 정육점에서 제일 비싼 한우를 사다가 냄비에 아낌없이 넣고 참기름을 가득 둘러 팔팔 끓이곤 했다. 엄마의 미역국은 사골국보다 진하고 뜨거웠다.(기름이 많아서 그런 것 같다) 나는 엄마가 만든 미역국을 먹을 때마다 눈물이 찔끔 나오곤 했는데, 뜨거움 때문에 흐른 눈물이었지만 맛있어서 나는 눈물 같기도 했다.

가장 최근에 먹었던 맛있는 미역국 역시 어버이

날 본가에서 먹은 엄마의 미역국이다. 엄마는 내가 당신의 미역국을 소울푸드라고 생각하는 걸 알까? 엄마는 식사 준비를 마치고 가장 늦게 식탁 의자에 앉아, 내가 먹던 식은 국을 아무렇지 않게 당신 앞으로 가져가고, 새로 푼 따뜻한 국을 다시 내 식탁에 올린다. 엄마는 항상 그랬다. 엄마와 있으면 뜨거운 국물이 계속 채워진다. 미역국을 먹는 동안 코끝이 시큰거렸다. 역시 눈물이 나지 않으면 맛있는 미역국이 아니다.(이 글을 쓰면서 나는 또 눈물을 찔끔 흘렸다. 떠올리기만 해도 눈물이 나는 음식은 미역국밖에 없을 거다. 이후 눈물이 나지 않으면 맛있는 미역국이 아니라는 이상한 기준을 갖게 되었다)

자주 흔들리는 사람

문구용품 중 노트와 펜 외에도 자석이나 마스킹테이프 같은 것을 좋아한다. 냉장고나 현관문 또는 빈 벽에 뭔가를 덕지덕지 붙이는 걸 좋아하는 편이라 그렇다. 진행 중인 작업, 잊지 말아야 할 것 등을 붙여두는 이유는 내가 자주 흔들리는 사람이기 때문이다.(어쩌면 음악을 자주 듣는 것도 같은 이유) 함께 나눈 대화, 책 속에서 발견한 문장, 마음에 드는 이미지 등 좋아하는 것을 벽에 붙여놓고 나를 그것에 자주 노출시킨다. 내가 좋아하는 것이 흔들리는 나를 끈끈하게 붙잡아주기를. 세상에 흐르는 수많은 이야기 중에서 내가 좋아하는 이야기가 내 몸에 좀 더 머물러 나라는 사람을 빚어주기를.

그대로인 삶

서울시립미술관에서 에드워드 호퍼의 〈길 위에서〉 전시를 봤다. 전시에서 가장 기억에 남았던 건 뜻밖에도 전시장 한 편에서 상영되던 다큐멘터리의 한 장면. 노부부가 된 그들의 일상을 가만히 서서 지켜보았다. 구부정한 등으로 함께 산책을 하고 벤치에 나란히 앉아 한 신문을 같이 읽으며 토론하는 모습. 그들을 보니 '늙어서도 여전히 젊을 때와 같은 삶을 살았겠구나' 싶었다.

호퍼와 조세핀

세상에 관심이 많고, 아직 할 말이 남은 사람들. 사랑을 하지 않으면, 아이를 낳지 않으면, 정신적으로 성장하지 못하는 것은 아닐까 하는 두려운 마음이 한편에 남아 있었는데. 그대로인 나, 여전히 '내가 나'인 삶도 괜찮다는 걸 확인한 것 같아 그 장면이 오래도록 기억에 남았다.

그리고 나

하루에 두 번 환기

라디오에서 '코로나 생활 수칙 첫 번째, 하루에 두 번 환기'라는 공익광고 문구를 듣고 내 일상의 환기법을 생각했다. 나의 환기법은 별것 없다. 집에서 일할 땐 옥상에 잠깐 올라갔다 오거나, 반신욕을 하고 나와 바깥바람을 쐬는 것. 가끔은 동네 카페에 간다. 신선한 커피를 한 잔 마시며 30분 정도 책을 읽고 돌아오면, 산뜻한 기분으로 다음 일을 시작할 수 있다. 공간도 하루에 두 번 환기가 필요한데 나 자신도 하루에 두 번 환기가 필요하지 않을까?

① 30분 카페 산책
① 텀블러에 커피를 담고
② 카페에 비치된 책을 읽고 온다.

안 읽은 책

마음이 갖고 싶을 때 책을 산다. 마음에 여유가 없어 책을 사고 마음을 몰라 책을 산다. 가끔은 감당하지 못할 만큼 많은 책을 사기도 한다. 공허한 마음을 메우려고 산 책은 충동구매 한 옷처럼 내 몸과 마음에 꼭 맞지 않는다. 미처 읽어내지 못한 마음을 책장 너머 방 한구석에 툭툭, 테트리스 하듯 두서없이 쌓고 허물기를 여러 번. 새봄을 맞아 책장 정리를 하기로 했다. 이번에는 안 읽은 책부터 비워야지. 읽지 못한 책이 쌓인 책장을 보면 괜히 마음이 가빠지곤 했으니까. 뿌옇게 먼지가 내려앉은 책을 치우고 바닥을 닦으니 빈자리에 시원한 빛이 내려앉는다.

계절의 소리

매일 옥상에 가는 이유

텃밭일기 ⑥   **빈 시간의 틈**

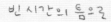

이야기가 피어난다.

모두 같은 마음

모두 같은 마음

작고 귀여운 내향

1판 1쇄 펴냄 2025년 3월 28일

지은이 박공원
펴낸이 손문경
펴낸곳 아침달
편집 정채영, 서윤후, 이기리
디자인 정유경, 한유미, 김정현

출판등록 제2013-000289호
주소 04029 서울시 마포구 양화로7길 83, 5층
전화 02-3446-5238
팩스 02-3446-5208
전자우편 achimdalbooks@gmail.com

ⓒ 박공원, 2025
ISBN 979-11-94324-29-4 03810

* 책값은 뒤표지에 있습니다.